江格尔故事

新疆塔城地区和布克赛尔蒙古自治县
非物质文化遗产保护中心　编绘

编　写　卡·索依尔　别木布加甫·萨仁高娃
绘　画　杨世新　孟克巴依尔　才达·额尔齐木
审　订　卓日格图

新疆人民出版社
（新疆少数民族出版基地）

图书在版编目（CIP）数据

江格尔故事 / 新疆塔城地区和布克赛尔蒙古自治县非物质文化遗产保护中心编绘. -- 乌鲁木齐：新疆人民出版社（新疆少数民族出版基地），2025.3. -- ISBN 978-7-228-21408-2

Ⅰ.I222.7

中国国家版本馆CIP数据核字第2024FS0544号

江格尔故事
JIANGGEER GUSHI

出 版 人	李翠玲	策　　划	邢建刚　孙　瑾
责任编辑	邢建刚　贾雪琦	装帧设计	杨世新
责任校对	王语陶	责任技术编辑	杨　爽

出版发行	新疆人民出版社 （新疆少数民族出版基地）
地　　址	乌鲁木齐市解放南路348号
邮　　编	830001
电　　话	0991-2825887（总编室）　0991-2837939（营销发行部）
制　　作	乌鲁木齐形加意图文设计有限公司
印　　刷	新疆新华华龙印务有限责任公司

开　　本	889mm×1194mm　1/24
印　　张	2.5
字　　数	40千字
版　　次	2025年3月第1版
印　　次	2025年3月第1次印刷
定　　价	36.00元

版权专有，侵权必究。如有质量问题，请与营销发行部联系调换。

故事梗概

在很久很久以前,有一个四季如春、水草丰茂、百姓安乐、幸福祥和的美丽家园——宝木巴。

这天,宝木巴的乌仲阿勒德尔可汗正在宫殿举办盛大的酒宴,宴请众将军和四方宾朋。凶残的魔王蒙根特布格率领无数蟒古斯(妖魔)趁机袭击了宝木巴。战斗异常惨烈,宝木巴危在旦夕。为了延续英雄的血脉,乌仲阿勒德尔可汗与夫人坦布绍不得不将幼小的江格尔藏匿于青克尔查干山的山洞之中。

魔王蒙根特布格将战败被俘的乌仲阿勒德尔可汗与夫人坦布绍杀害后,掠走了宝木巴的臣民和畜群。原本春和景明、美丽祥和的宝木巴家园变成了血流成河、尸横遍野、草木枯萎、河水干涸的焦土和荒漠。

大力士希格西日格在山洞中寻找到了小江格尔并带回家抚养。江格尔与希格西日格的儿子洪古尔一起长大,成为情同手足、生死与共的好兄弟。后来,江格尔在预言家阿拉坦策吉、大力士希格西日格、洪古尔等众多英雄的辅佐下,开始统兵征战,陆续战胜了所有敌人,最终夺回了宝木巴的土地与臣民。宝木巴家园恢复了往昔的祥和与安宁,并越来越强盛。

　　此时的江格尔已 25 岁，众人把他成家的事提上了日程。经预言家阿拉坦策吉的推测，在遥远的东南方一片广袤富饶的土地上，诺门特古斯可汗将为 16 岁的公主阿盖沙布德拉举行比武招亲。江格尔策马扬鞭、风驰电掣，在比武招亲开始前赶到了诺门特古斯可汗的金帐。在比武招亲的射箭、摔跤、赛马比赛中，江格尔都战胜了对手，最终迎娶了公主阿盖沙布德拉。婚后，江格尔与阿盖沙布德拉回到了美丽的宝木巴家园，带领这里的人们一起过上了幸福、安宁的美好生活。

1　这里有高耸入云的群山，郁郁葱葱的森林，潺潺流淌的河水和辽阔无边的草原。这里遍地都是五颜六色的花儿，畜群如散落的珍珠装点着草原。面带笑容、神采奕奕的牧人有的三五成群坐在草地上，有的骑着马儿奔跑在畜群旁。河畔散布着洁白的蒙古包，炊烟袅袅。远处一座高大的金色宫殿的金顶在云雾中若隐若现，宫殿背后是被白雪覆盖的青克尔查干山。

2　空中一位身穿白色衣袍的老神仙名叫英德尔。他脚踩祥云从空中俯瞰着宝木巴大地,露出了欣慰的笑容。他用手捋着白白的长胡须吟诵道:"这里没有冬天和严寒,四季如春,阳光灿烂;这里没有战乱,只有祥和与太平;这里没有压迫和欺凌,只有人人平等;这里没有痛苦和死亡,人人永葆青春……这里就是美丽的宝木巴家园。"

3　宏伟的金色宫殿里,正中的金色虎皮椅子上坐着一位风度翩翩、双目炯炯有神的青年,正在举目环视欢庆的人们。竞技场上,勇士们在摔跤、赛马。一位长者弹着托布秀尔,高声唱着宝木巴的赞歌。青年是塔黑勒珠拉汗的嫡孙、唐苏克宝木巴汗的儿子乌仲阿勒德尔,是宝木巴家园的可汗。

4 乌仲阿勒德尔可汗左手边坐着高大威猛的将军、勇士和众多的宾客,右手边坐着身着华丽衣袍的坦布绍夫人。坦布绍夫人身后站着一位名叫西布格琴的漂亮女仆,正面带微笑,注视着怀里襁褓中的婴儿。

5 乌仲阿勒德尔可汗手举斟满美酒的金杯说:"尊敬的各位将军与夫人们,勇敢的勇士们,在座的所有尊贵的宾客们,非常欢迎大家莅临今天的宴会。"

6 突然,女仆怀里的婴儿开始啼哭。可汗望向婴儿,停顿了片刻,接着说:"对大家的光临我表示衷心的感谢,对你们……"话还未说完,孩子的哭声越来越大,大殿外骤然刮起狂风,下起暴雨。

7　乌仲阿勒德尔可汗还想往下继续说,殿外却传来士兵惊恐的报告声:"可汗,可汗,大事不好了……敌人来啦……"

8 刹那间,宫殿内外浓烟滚滚,天昏地暗,参加宴会的宾客们乱作一团。此时又传来禀报声:"可汗,可汗……魔王蒙根特布格率领无数蟒古斯打过来了……"

9 不一会儿,铺天盖地的长着很多魔怪脑袋的蟒古斯已杀了过来,与宝木巴的将士混战在一起……直至傍晚,战斗还在继续。

10 山谷里硝烟弥漫,一名浑身是血、气喘吁吁的将军大声喊道:"可汗,我们的将士伤亡惨重,您和夫人赶紧躲一躲吧。"于是几名勇士拼死保护着乌仲阿勒德尔可汗与坦布绍夫人撤离了战场。

11　夜色已深,战马再也跑不动了。坦布绍夫人抽泣着说:"可汗,我们已无路可退了。"乌仲阿勒德尔可汗说:"大不了一死!"夫人说:"可是我们这幼小的孩子……求求您,就为您英雄的家族留下这唯一的血脉吧!"乌仲阿勒德尔可汗难过地看着孩子说:"外面太危险了,就把这弱小的生命藏在山洞里吧,但愿他能够躲过这场劫难。"

12　山洞里，夫人流着泪给孩子哺乳。她恋恋不舍地说："可怜的孩子，我们只能把你独自一人留在这世上了，我苦命的孩子啊……"

13　乌仲阿勒德尔可汗将身上的盔甲脱下放在一根闪闪发光的柱子前，又将绣有金色猛虎图腾的大旗和古鲁木特乌兰长枪、弓箭都摆放在柱子旁，自责地对孩子说："你阿爸蠢啊！都怪我放松了警惕，让那些蟒古斯钻了空子。倘若我儿有幸能活下来，相信你总有一天会夺回我们的故土家园。"

14 坦布绍夫人将襁褓里的婴儿放进晶莹的水晶摇篮里。她从怀中掏出一块闪耀着七彩光芒的魔法宝石,小心翼翼地放进孩子的嘴里。婴儿含着宝石露出纯净甜美的笑容。

15　此时的金色宫殿里已是一片狼藉。残暴的魔王蒙根特布格用战刀劈下悬挂在殿堂墙壁正中的金色猛虎图腾，脸上露出狞笑。一群蟒古斯正在金殿里疯狂地抢夺财宝。大殿中央，可怜的乌仲阿勒德尔可汗与坦布绍夫人被紧紧地捆绑在一起。

16　蒙根特布格狂笑道:"哈哈哈……难道这里就是传说中那个四季如春、阳光灿烂,到处洋溢着欢声笑语的宝木巴家园吗?哈哈哈……乌仲阿勒德尔,你这个废物就知道大摆酒席,终日沉迷于享乐,最终将宝木巴拱手让给了我,哈哈哈……现在我恩准你死前留下几句遗言。"乌仲阿勒德尔可汗说:"你这个魔头,让你得逞只怪我放松了警惕,我追悔莫及,你要杀就杀吧!"

17　蒙根特布格吼道:"那好吧,我就满足你这个愿望。来人,赶紧把他俩给我杀了!再扔给乌鸦和猎隼。"众蟒古斯扑向乌仲阿勒德尔可汗和坦布绍夫人,将他们拖到殿外残忍地杀害了。

18　清晨,乌云滚滚的草原上,尸横遍野、血流成河。几只乌鸦和猎隼正在撕咬亡人的尸骨……蟒古斯们骑着马,赶着人群和牲畜,带着无数抢掠的财物向远处进发。

19 在一座飘着五颜六色的禄马风旗的敖包旁,被绳子捆绑在一起的俘虏们脚步沉重地走着。他们眼含热泪,忍不住纷纷扭头望着身边的敖包,有的人在心里默默祈祷,有的人不顾蟒古斯的鞭打,挣脱捆绑,朝着家乡的方向叩拜。

20　一望无际的草原上,一个巨人从远处走来,只见他裸露着上身将自己的蒙古包、妻儿老小和武器全部背在背上,他就是有着无穷力量且身材高大的希格西日格。他站在满目疮痍的宝木巴大地上眼含泪水叹道:"唉!上苍啊!是什么样的妖孽将美丽的宝木巴变成了这般模样!"

21　希格西日格看着宝木巴的惨状，难过地想：这可是英雄可汗的土地，是前辈们留下的基业啊……那么多的百姓不会都死光了吧？找一找，应该还有活着的。他安顿好家人便出门寻找。

22 他化作一股旋风盘旋在宝木巴大地的上空,寻觅在山川峡谷,不放过每一个角落。

23 突然,在一片已经焦黑的草地上,他看见一匹骨瘦如柴的枣红色小马驹正在觅食。希格西日格略感欣慰地自言自语道:"噢,你是怎么躲过这么大的一场劫难的啊……真是个幸运的小家伙。过来,上到我的背上,我带你回家。"

24　当希格西日格又化作一股旋风找寻到青克尔查干山时,一个山洞里传出婴儿清脆的啼哭声。他寻声飞进了山洞。

25　山洞的一个角落里闪着白光，希格西日格一眼看见嘴里含着魔法宝石的婴儿，随后又看见柱子旁整齐摆放着的绣有金色猛虎图腾的旗帜、长枪、弓箭及盔甲。

26　希格西日格抱着婴儿回到家。他的夫人西丽塔赞登挺着大肚子走出大帐问道:"这是谁家的婴儿啊?"希格西日格说:"唉!如今宝木巴已经变成了一片废墟,只留下这不知道是谁家的小生命,还有一匹瘦弱的枣红色小马驹。"西丽塔赞登夫人流着眼泪说:"唉!可怜的孩子,我们抚养他长大吧……"

27　这个婴儿便是小江格尔。小江格尔与希格西日格的儿子洪古尔一起慢慢长大,情同手足,大帐里常常传来孩子们的欢笑声。

28　一日，希格西日格从大帐前走过，看见小江格尔正坐在大帐正中的椅子上，如尊贵的可汗高高在上。洪古尔装扮成将军模样，手握木刀跪在江格尔面前禀报："尊敬的可汗，受您的指令，我出征阿如魔鬼汗国，活捉了十五颗头颅的黑魔王，并在他的右脸颊上印上了宝木巴的红印章，还将他与他的子民收为您的臣民。"江格尔沉稳地说道："好！你是我最忠诚勇敢的将军，我要好好奖赏你。"

29　看到这里，希格西日格打了一个冷战，心想：这个小东西不一般，看样子他长大后一定会成为可汗，而我唯一的儿子将变成效忠他的奴仆，天天跪拜在他的脚下。不行！一定得让他死！我直接动手会伤了夫人和儿子的心，那该怎么办啊？对了，我派他去偷预言家阿拉坦策吉那八万匹青色白额马，就让他死在阿拉坦策吉手里吧。

30　傍晚，小江格尔按照希格西日格的指派，骑着和他一起被捡回、已长成一匹骏马的枣红马阿仁赞在草原上驱赶马群。他驱赶马群的口哨声清脆响亮。阿拉坦策吉发现有人偷马，立刻快马加鞭地追赶上去。离马群越来越近时，阿拉坦策吉看清赶马的是个小孩儿，于是心想：原来是个毛头小贼来偷我的马，今天就让你有来无回。

31　阿拉坦策吉拉弓搭箭射向小江格尔。飞箭正中小江格尔的后背,身上的衣裳也裂开了,背上露出的一颗大痣发出耀眼的七彩光芒。受伤的小江格尔伏在马背上,双手紧紧抱住马的脖颈,催马逃走。小江格尔背上发出的七彩亮光刺得阿拉坦策吉无法睁眼,只好停下马来眯着眼想:奇怪,这个小孩是谁?难道……哦,他就是乌仲阿勒德尔可汗的遗孤江格尔啊!于是便没有继续追杀。

32　枣红马阿仁赞驮着小江格尔回到希格西日格的营地。小江格尔口吐鲜血，从马上摔到地上不省人事。希格西日格只瞄了一眼就说："来人，快把这小东西给我扔出去。"说完转身离去。洪古尔见状大声哭泣，对母亲西丽塔赞登说："母亲啊，快救救他吧！他和您的儿子一样，还是个小孩儿啊！快救救他吧！"

33　西丽塔赞登夫人为难地说："孩子,我不能违抗你父亲的命令啊!"突然寒光一闪,洪古尔一把拔出身边士兵腰间的钢刀,横在自己的脖子上说:"倘若他死了,我将立刻随他而去!"西丽塔赞登夫人急忙大喊:"洪古尔,我的孩子,你这是干什么?我救他就是了!"

34　西丽塔赞登夫人只好俯身用手轻轻在小江格尔背上抚摸了一下，利箭立刻从小江格尔背上掉落在了地上。她又掏出随身携带的药粉轻轻撒在伤口处，伤口瞬间就愈合了。

35　几天后,希格西日格和阿拉坦策吉盘腿坐在草原上说话。阿拉坦策吉盯着希格西日格问:"你是不是想借我的手除掉那个孩子?"希格西日格不好意思地摸了摸后脑勺说:"没有……这小妖孽……他……"阿拉坦策吉愤怒道:"你这个木头!长着一颗大脑袋,却愚钝得不得了啊!他是小妖孽吗?他的父亲就是塔黑勒珠拉汗的嫡孙、唐苏克宝木巴汗的儿子乌仲阿勒德尔可汗!你说的小妖孽就是江格尔啊!"

36 希格西日格大吃一惊,慌张地说:"什么?你……刚才说什么?他就是乌仲阿勒德尔可汗的儿子江格尔?"阿拉坦策吉非常肯定地说:"是的!"希格西日格喜极而泣,说:"天啊,我还一直为乌仲阿勒德尔可汗后继无人而伤心难过呢,幸亏我夫人救活了他。这真是太好了,感谢上苍保佑啊……"

37　从此，江格尔在希格西日格、阿拉坦策吉和洪古尔的辅佐下重整旗鼓，召集无数智者和勇士开始征战，陆续打败了所有敌人，重新夺回了宝木巴家园，成为令人敬仰的可汗。在他的统领下，宝木巴家园越来越强盛。此时的江格尔已25岁，变成了英俊威武的小伙子。

38　这天，江格尔与众英雄在金碧辉煌的宫殿里饮酒欢聚。他左边坐着阿拉坦策吉，然后是希格西日格。江格尔右侧的座位则无人入座，空座旁坐的是他的好兄弟洪古尔。众英雄推杯换盏，欢声笑语不断。这时洪古尔高声说道："江格尔已完成先祖遗愿，英雄们也已齐聚，但是我总觉得缺少点儿啥，阿拉坦策吉阿爸您算一卦呗。"阿拉坦策吉笑道："洪古尔说得很对呀，如今我们的宝木巴家园日益强盛，是可汗娶妻成家的时候了。"大家听后，笑声一片。

39 阿拉坦策吉闭着眼睛掐指推算:"我看到了一位智慧比江格尔高一些,福气比江格尔差一些的公主,对,就是她!"众人齐声道:"好!好!"江格尔笑道:"我听说选夫人就应该选这种人。"阿拉坦策吉继续说:"哦,这位公主由于才貌双全,仰慕者众多。她阿爸正在为她筹办比武招亲,谁赢了就把公主嫁给谁。哎呀!比武招亲就要开始了,你现在出发应该还来得及。"

40　江格尔听闻此言，立即出帐，飞身上马。枣红马阿仁赞瞬间变成一道闪电越过无数高山与大海，消失在天边。阿拉坦策吉的话语不断在江格尔的耳畔回响："在东南方拥有一片广袤富饶土地的诺门特古斯可汗，有个芳龄16岁名叫阿盖沙布德拉的公主，那就是你命中注定的夫人。"

41 及时赶到的江格尔走进诺门特古斯可汗的金帐。江格尔说:"尊敬的诺门特古斯可汗,我是父亲乌仲阿勒德尔可汗在这世上留下的唯一血脉,叫江格尔。听说您在为公主比武招亲,所以特地从宝木巴赶来,不知能否参加此次比武招亲呢?"诺门特古斯可汗看着英俊威武的江格尔微笑着说:"可以,当然可以了。只要你有足够的勇气、力量和智慧就一定能赢。来人,给这个小伙子斟碗马奶酒。"

42　赛场上，参加比赛的勇士们个个身材魁梧、精神抖擞。诺门特古斯可汗与夫人坐在金色大帐前的看台上，阿盖沙布德拉公主坐在母亲的右侧。远道而来的宾客都排列就座，其中也有魔王蒙根特布格。官吏宣布："诺门特古斯可汗之女阿盖沙布德拉公主的比武招亲大会现在开始。首先进行射箭比赛，请选手们做好准备。"

43 经过层层筛选，射箭比赛的胜负最终将由江格尔与铁木尔布色决出。只见铁木尔布色拿起红色弓箭拉满弓弦，胳膊上的肌肉鼓起，脸颊上汗水直流，握箭的手上流出红色的汗滴，拉弦的手指冒出黑烟，拉满的弓弦发出阵阵刺耳的声响。"嗖"的一声，箭离弦飞出。箭把靶子劈成两半后又射中靶子后面公牛般的大黑石头，大黑石头也被劈成两半。众人一片哗然，大声议论："赢了，铁木尔布色肯定赢了！"江格尔默默地注视着眼前发生的一切。

44 轮到江格尔上场了。只见他稳健地向前一步拉开弓弦。弓弦发出清脆的声响,弓被拉得变成了扁圆形。这时江格尔的左手手指发出红色亮光,拉弓的右手手指闪着蓝光,弓变成熊熊燃烧的一团烈火,箭也变成了火红色。"嗖"的一声,箭如闪电般飞了出去。火红的飞箭射中靶心,也将靶子劈成两半,后又射中靶子后面公牛般的大黑石头,大黑石头也应声裂成两半。火红的飞箭继续鸣叫着穿过森林,飞过草地,最后射中了长满树木和青草的黄山。黄山发出巨大的爆炸声后燃烧成一片火海……官吏宣布:"江格尔胜!"阿盖沙布德拉公主见状露出娇美的笑容。

45　第二天举行摔跤比赛，仍是由江格尔与铁木尔布色决出最终胜负。江格尔毕竟技高一筹，抓起铁木尔布色，高高举过头顶摔向山崖。铁木尔布色马上变成一只红色的狐狸一路奔逃，江格尔随即变成一只雄鹰扑向狐狸。铁木尔布色变成了松树，江格尔顿时变成啄木鸟飞过去不停地啄着树干。铁木尔布色疼痛难忍又变成了一只猛虎，发出阵阵虎啸，江格尔立刻变成一只硕大的鲲鹏，用利爪抓住虎头和虎背飞回赛场，扔在场地中央，接着又把恢复人形的铁木尔布色高高举起重重地摔在了大家面前。官吏宣布："江格尔胜！"

46 第三天举行赛马比赛。赛场上万马奔腾,尘土飞扬。躲藏在路边灌木丛中长着尖嘴、细羊腿的亚克次老妖婆露出阴险的笑脸,心想:哦,这跑在最前面的一定就是江格尔的枣红马阿仁赞,看我怎么收拾你们!

47　亚克次老妖婆变成一位慈眉善目的老婆婆,手捧一碗有毒的马奶酒站在路边。她叫住江格尔:"我的孩子啊!停一下,你一路翻山越岭一定又渴又饿吧,快快下马喝碗醇香的马奶酒吧!"枣红马阿仁赞早已看出老妖婆的破绽,警惕地后退几步,纵身一跃,嘶鸣着奋力用后腿踢飞老妖婆后飞奔而去。

48　老妖婆又变成一只恶狼追赶过来,枣红马阿仁赞瞬间变成一只展翅高飞的雄鹰。老妖婆接着变成鲲鹏飞到雄鹰的上方,枣红马阿仁赞随即变成一只矫健敏捷的梅花鹿,落在地上飞快地跑远。

49　老妖婆依然在后面紧紧追赶。变回原形的枣红马阿仁赞对江格尔说:"赶快从我的身上拔几根鬃毛扔到身后。"江格尔赶紧拔了几根鬃毛扔了出去。那几根鬃毛瞬间变成一片密不透风的森林,将老妖婆紧紧围在中间无法脱身。这一局,江格尔又赢了。

50 诺门特古斯可汗高兴地宣布:"三场比赛江格尔全胜,江格尔从此就是我的女婿了。现在我要举办盛大的婚宴,隆重嫁女。我要邀请所有臣民、远亲近邻、朋友兄弟、英雄好汉们来参加!"此时的阿盖沙布德拉公主流下了幸福的眼泪,不停地向人群挥动着手中的锦缎手帕。铁木尔布色悻悻而去。

51 江格尔迎娶了美丽的阿盖沙布德拉公主。他们一起回到宝木巴家园,召集部众臣民,摆设了60天的宴席,举办了70天的盛会,操办了80天的庆典。

52　从此，江格尔与阿盖沙布德拉公主带领宝木巴家园的臣民过上了幸福、安宁的美好生活。

后　记

英雄史诗《江格尔》是中华优秀传统文化中的瑰宝。它以宏大的规模、独特的结构、丰富的内容、精练的语言和深邃的思想内涵而流传久远。它既是中华优秀传统文化中的一个重要组成部分，也是中华民族对人类文明的一大贡献。整理、保护、传承好这一文化遗产，使之发扬光大，是我们义不容辞的责任。因此，我们编绘了这本《江格尔故事》，希望能为史诗《江格尔》的传承和弘扬贡献力量。

在本书即将印刷之际，首先，我们要感谢党和国家对中华优秀传统文化给予的保护与传承。党和国家高度重视对史诗《江格尔》的搜集整理，投入了大量精力寻访艺人、采录史诗章节，成果十分显著。这为我们能够顺利地完成这部《江格尔故事》的创作出版奠定了坚实的基础。

其次，要感谢《江格尔》的传承者们。史诗《江格尔》能成为我国各民族共享的文化宝藏，成为丝绸之路上一条耀眼的精神纽带，离不开传承者们的坚守。一代代"江格尔奇"的传唱赋予了《江格尔》新的艺术价值，也为我们提供了丰富的素材和灵感。

再次，要感谢我们的创作团队。他们用心对待每一处细节，竭尽全力将《江格尔》史诗中的英雄形象、神奇的场景以及惊心动魄的故事情节一一呈现。正是因为他们的辛勤付出，这部

焕发独特艺术魅力的《江格尔故事》才能与读者见面。

最后,希望广大读者在阅读这本《江格尔故事》时,能够感受到英雄们的勇敢与智慧,激发出对中华优秀传统文化的热爱和自豪之情,感悟和平与团结的重大意义。

《江格尔故事》的创作出版工作虽已完成,但是《江格尔》的故事仍将延续,对英雄史诗的保护和传承是我们不懈的追求。我们将继续努力,扬文化自信之帆,走文化自信之路,创作出更多优秀的作品。

李丹杨